서산에 해지는 한순간

개미

2014 장애인 창작집 발간지원 사업 선정 작품집

서산에 해지는 한순간

1쇄 발행일 | 2014년 12월 20일

지은이 | 이민행
펴낸이 | 정화숙
펴낸곳 | 개미

출판등록 | 제313－2001－61호 1992. 2. 18
주소 | (121－736) 서울시 마포구 마포대로 12 한신빌딩 B-109호
전화 | (02)704－2546, 704－2235
팩스 | (02)714－2365
E-mail | lily12140@hanmail.net

ⓒ 이민행, 2014
ISBN 978－89－94459－49－3 03810

값 10,000원

주최 | 대한민국 장애인 창작집필실
주관 | 장애인인식개선오늘(고유번호 305-80-25363. 대표 박재홍)
심사 | 발간지원 사업 심사위원회
후원 | 대전광역시, 대전문화재단, 계간 문학마당

서산에 해지는 한순간

이민행

우리나라 최초의 장애인문학예술 전용공간인 대한민
국장애인창작집필실에서 주최하고 장애인인식개선오늘
에서 주관한 2014 장애인창작집 발간지원사업에 많은
분들이 관심을 기울여 주셨습니다. 이분들의 관심이 없
었다면 이번에는 정말 힘들 뻔했습니다. 이 집필실의 공
간 지원금을 회수하겠다는 가슴아픈 소식이 들려왔기 때
문입니다.

2013년 이 사업으로 총 7권의 시집을 가졌습니다. 시
집을 받아들고 기뻐하던 시인들의 얼굴이 눈에 선합니
다. 이 중 두 권 시집(공다원, 박재홍 시집)은 2014년 세종
도서 문학나눔 우수도서로 선정되기도 했습니다. 그 전
해 선정돼 출간된 시집들도 다수 여러 유형의 창작기금
과 문학상을 수상했습니다.

앞으로 더 많은 관심과 격려가 필요합니다. 그래야 우
리는 더 좋은 성과를 낼 수 있고, 이런 성과가 결국 장애

인에게 꿈과 희망을 안겨주는 일이 됩니다. 그럼에도 문화융성 강국을 외치는 이 나라에서 우리가 가진 조그만 창작공간마저도 더 이상 내주지 않을 거라고 합니다.

그래도 이번 선정된 시집들을 보면서 다시금 용기를 가져봅니다.

어려운 중에도 대한민국장애인창작집필실의 창작집 발간사업을 지원해 주신 대전광역시 권선택 시장님의 배려에 깊이 감사드립니다.

2014년 12월
대한민국장애인창작집필실 운영단체 장애인인식개선오늘
대표 박재홍

대한민국 장애인 창작집필실에서 주최하고 장애인인식개선오늘에서 주관한 2014 장애인창작집 발간지원사업에 많은 분들이 관심을 기울여주셨다. 소외된 자리에서 자신의 내면에서 우러나오는 말에 스스로 귀 기울인 사람들이 그만큼 많았다는 뜻이다. 그리고 그 말들은 절절하고, 절절한 만큼 아름다웠다.

이미 많은 이가 애송하는 「내 인생에 황혼이 들면」의 김준엽, 진솔한 감성을 쉽고 단아한 언어로 형상화하는 위수연의 「휠체어의 비명」, 한줌 햇살 여린 나뭇잎 하나의 의미도 놓치지 않는 「서산에 해지는 한순간」의 이민행, 그리고 「슬픈 순례」로 기나긴 삶의 그늘을 걷고 있는 많은 시의 발걸음들……

이들의 시를 널리 알려 온 세상 사람들에게 전달해야 한다는 우리의 사명감이 어느 때보다 높았다. 이들의 한 편 한 편 시가 편견의 미몽에 젖은 세태를 정화하는 청아한 목소리가 되어 우리 주변에 맴돌게 되기를 기대한다.

　— 심사위원회

이런 날을 한 번도 생각해 본 적이 없다.
그냥 노트에 그때그때 쓰고 싶은 시구들을 적어보았다.
풍랑의 열매가 결코 헛된 것만은 아닌 듯싶어 기쁘다.
이야깃거리가 많은 것도 사실이다.
격한 삶이기에,
언젠가 시는 나의 운명이라고
나의 갈 길이라고 다짐하고 옆길을 보지 않기로 생각
을 했다.
끝까지 이어온 길에 대해 참 다행이다 싶다.
용인문학회와 김종경 시인은 나의 은인이다.
내가 인생의 파도에 넘어질 때마다 일으켜 준 분, 나와
동고동락한 막역한 사이.
아울러 어린아이 장난꾸러기마냥 굴어도 받아주시고
잘 지도해 주신 김윤배 시인께도 무한한 감사를 드린다.

2014년 12월
이민행

서산에 해지는 한순간
차례

서산에 해지는 한순간

서녘 하늘 구름은 태양을 둘러싸고
파란 시냇물 같은 저 창공에
멀리멀리 날아가고 싶은 마음
심장이 터질 것 같은
벅찬 하루가 지는 한순간

천상의 나라에 나래를 펼치는
저 새는 날개를 휘휘 저어
어디론가 사라지고
나는 그저 바라만 볼 뿐
아무 말도 할 수 없겠네

기막힌 순간이 나를 덮쳐
고개를 숙이고 마는
나는 지상의 어린이
엄마가 보고픈 아들
저 천상 잔치에
아버지가 기다리고 있겠구나

담배 한 개비에 밤의 정적을 실어

눈에 어둠이 부딪힌다
손이 저절로 담뱃갑을 잡았다
손가락이 떨리고 담배도 흔들거렸다
담뱃불만 반짝이다 꺼버린 다음
방구석에 또 몸을 쑤셔 박는다
두 시간이나 되었을까 다시 일어나 보니
밤은 그대로이고 아침은 기척이 없다
밖에서 툭하고 떨어지는 신문 소리
그 소리가 얼마나 반가운지
수험생처럼 탐독해 나갔다
숨통을 조이다 연 것처럼 한숨을 쉰다
다시 담배를 피워 안도의 연기를 뿜어낸다

얼굴

이제 얼굴도 피부도 상하고
흰머리까지 제법 드러났다
여기까지 얼마나 드센 바람 헤쳐 왔는지

그러나 가진 것은 없다
테이블 위에 책 몇 권 쌓여 가는 것은
농부가 추수하고 곡물을 쌓듯이
고작 그것이 재산이다

마음이 삐뚤어서인지
십자가가 삐뚤어지게 걸려 있다

산다는 것이 제 맘대로 안 되는 것처럼
청춘이 도망간 얼굴도 붙들 수 없다

룰루랄라 아저씨

우리는 만나면 저절로 웃었다
서로가 재미있기 때문이다
룰루랄라 아저씨가 사정없이 떠들어댄다
우리는 웃는다
막걸리를 사드린다
좋다고 마시고 떠들다 이차를 간다
그런 룰루랄라 아저씨가 오늘은 아프시단다
참 별꼴이다 그에게도 고민이 생겼다
아들이 실직하여 자기를 감시하는 것이다
졸졸졸 아버지를 감시한다
막걸리를 마실까 봐
오늘은 잠시 들러 내 방에 왔다 갔다
항상 좋더니만
오늘은 꽤나 편찮으신가 보다
우리 룰루랄라 아저씨

이별의 순간

공간 커피점에서
너와 나 마주 앉아
우리는 떠나는 말을 주고받을 뿐
다른 이야기는 오가지 못했고
커피는 식어 갔다
마치 너의 손이 싸늘해져 가는 것처럼

가슴을 짓누르는
슬픔을 참지 못해
담배 한 개비 입에 물고
연기를 내뿜으며
그 자리를 떠나려는 순간
그 여인의 안녕이란 말 한마디
우리들의 사랑을
마지막 고하던 날

질척이는 초겨울

겨울비 잔잔히
도로를 질척이게 하고
읍내의 사람들을 한가롭게 한다
구석진 호프집에서
맥주 한 잔 담배 한 모금 모아
친해진 누님과의 이야기는
난로 속 불길같이
사람의 정을 낳게 한다
이 말 저 말하고
때로는 깔깔대면서
상술 없는 인정의 대화가 오간다
잔을 비우고 인사하고
발길 돌리면
내가 닳은 마지막 하루
좁은 내 방 안
나의 체취가 배인
공간 속에서
마지막 정리를 한다

집수리

헐어라, 헐어라
벽을 헐어라
구들장을 괭이로 드러내어
돌을 굴려
새 벽을 만들고
방고래를 다시 만들다
우리도 퀘퀘묵은 집수리하여
새 집을 꾸며 보자꾸나
옛집을 헐어
벽에 페인트 다시 칠하고
장판지도 다시 깔자꾸나
세상은 변해간다
옹고집을 세우지 말자
몸에 걸치는 옷들도 바꿔보고
옷장도 새로 갈아 보자꾸나
새 마음으로 묵은 때를 벗고
새롭게 새롭게
또 한번 살아 보자꾸나

새 시대 새날
옛 뼈대는 남겨두고
치장을 다시하자
그리하여
노인들 젊은이 함께 사는
새 집을 만들어 보자꾸나
꾸미어 보자꾸나

흑백사진

흑백사진을 보면 아득한 전설 속 이야기 같은
그 옛날이 어렴풋이 생각이 나

76세 되시는 형님이 장가들던 날
온 식구가 마루에 배경을 깔고
나는 조그만 아기로 어머니가 안고 찍은 것
누나들은 집에서 가위로 대충 잘라낸 머리를 하고
촌스럽게 서 있는 모습
새색시로 예쁘장하게 서 있는 형수의 모습

소풍 가서 친구들과 폼을 재며
김밥을 먹고 난 후 포즈를 취하는 모습
초등학교 졸업식 날
어머니와 담임 선생님과 함께했던 사진사 앞의 모습
월남 갔다 돌아온 형님들의 군복 입은 모습

그래, 그땐 그랬다
동네 TV가 한두 대밖에 없어

사람들이 우루루 몰려 TV를 시청하던 그 시절
형님들은 하루 종일 벼 타작하고 씻고 와서
피곤한지도 모르고 흑백 TV를 시청하던
그때 그 시절

1월

열 살 때의 1월은 놀기 좋은 드림랜드 같았고
스무 살 때의 1월은 도회지 지성을 흉내 냈고
서른 살 때의 1월은 허무주의자의 한숨을 모방했다

허무가 아닌 소망하는 마음으로
저기 저 설산에 따뜻한 온기가 내리고
꽃망울이 움트는 그런 날이 오기를 기다린다
그러나 아직도 냉랭한 바람은
여린 뺨을 얼게 하고 입김은 연기처럼 토해진다
그 겨울은 길고 차가웠다

마흔, 쉰, 예순, 일흔, 여든, 아흔, 백 살의
1월은 기억나지 않는다

가을 소식

귀뚜라미 우는 가을의 전령
아침저녁으로 바람은 서늘하고
그래도 한낮은 따갑다
들녘에 벼 이삭은 조금씩 쭈그러지고
밭이랑 사이로 고추잠자리 날고
농부의 마음 뿌듯해지는
초가을 입구에서 나는 노래한다
아름다운 이 계절
희미해진 옛 이야기들은 정리되고
또 하나의 장을 여는
이 가을이 희망과 기다림의 만남으로
설레인다

하루를 산다는 것은 인생을 사는 것

하루를 사는 동안
어쩌다 누군가의 말에
용기를 갖고 한나절을 보내고
예측 못한 일에
주저앉는 것이 우리들의 하루

허물어지는 절망은
구름 사이로 비추는 햇빛에
웃음을 자아내고
희망찬 아침을 힘내어 걸어 보지만
무거운 어깨의 짐에
또다시 넘어지는 하루
돌부리에 채여 넘어지면
아픔을 딛고 일어서는 것

끝이 저기 있지만
가도 가도 무지개처럼 우리를
홀리게 하는 것이
우리들의 삶

침묵하리라

살아 있다는 것에 의미를 두지 않는다
이 세상에 나왔기에
그런대로 살아가는 거다
역사의 신이 있건 없건
그 속에서 조그만 공간을 메우며
그렇게 잊혀지며 사는 것이다

어제의 발버둥, 울부짖음, 꿈틀거림
한순간 한 줌 모래알만도 못하다
그 끝이 허무이었던 것은
젊음에 병까지 얻을 정도로
세상을 사랑한 어리석음

이제는 침묵하리라
어느 신성한 수도자를 흉내낼 필요 없이
그냥 마음먹은 대로
어둠의 밤에 앉아
말없이 침묵하리라

그리고 남은 날이 십수 년이라면
그날까지 완주해야 할
의무만 지워가면서

그리움

잔잔한 호숫가
먼 그리움에
거닐던 날이 하루 이틀 사흘

어제는 가신 임 생각
오늘도
내일도
두런두런 거닐면서
입은 그윽이 다문 채
불러보는 소리

임아 임아
가신 임 불러도
메아리 반향 없네

몇 해를 보내며
하루 이틀 사흘 헤아렸지만
혼자의 서성임은 여전하고

양어장의 하루

토요일은 서울 손님 자가용이 즐비한 하루
낚시 꽤나 좋아하는 아저씨네들은
양어장에 낚싯대 드리우고
덤으로 오는 친구 식구들은
방갈로에서 고스톱과 잡담으로 깔깔대고
아가씨네들은 반바지 차림으로
미끈한 허연 다리 자랑하느라 이리저리 걷고
양어장 주인네 고기 푸는 소리는 첨벙첨벙

식사 준비 술상 보는 인부는 허둥지둥
다섯 살 아들은 엄마 아빠 속도 몰라 울고
엊그제 세상 나온 갓난 아이는 칭얼칭얼
엄마 등이 그립다 하고
밭매는 당숙은 이따금씩 먼 하늘에 시선 놓고
신세를 꼬아 이야기하는 양어장의 하루

그대 뒷모습

뛰지 마
그러면 너는 볼 수 있을 거야
네 주위에 많은 아름다운 것을
꽃 속에 사랑이 가득한 세계가
있는 걸 모르니

뛰지 마
그러면 너는 찾을 수 있어
길가 돌 틈의 너만을 위한 다이아몬드를
멈추어 서면 알 수 있을 거야

너는 많이 뛰었지만 항시 그 자리인 것을

가을 들녘

헤진 마음
무일푼으로 주머니에 손 꽂고
가을 들녘으로 걸어 간다
노총각 신세 우롱하는
동네 아줌마들 말은
귀에 거슬리지 않는다
세상에 상실한 내 모습
그래도 아직 괜찮은 신수에
흡족하기만 하다
널브러진 들과 산에
나를 맡겨 놓으니
어머니 품 같은 따스함에
이 순간만이라도
연인이 없어도 살 것 같구나

기다림

가시는 임 보내옵고
오시는 임 더디 해라

해는 돌고 바뀌고
가을 잎 지고 또 뒹굴어

아스라이 가라앉은 마음
이맘때면 울렁이고

휘이잉 불어대는 밤바람
온기에 방문들을 치닫는다

창가에 비친
가로등 아래 임 그림자

문가에 부딪히는
가을 잎 부스스
임 오시는 소리

해질 무렵

산꼭대기 해 걸린
늦가을 저녁
침침한 어둑함
내 몸은 살포시 그 안에

싸늘한 호수 바람
물결은 찰랑찰랑
축축 젖은 둑 잔디로 발길을

저만치 방갈로
서울 손님들 깔깔
첨벙첨벙 고기 푸는 소리

어제와 같이

어제와 같이
오늘도 내 창밖엔
어둠이 깔리고
몇 개의 가로등
말없이 지켜 서 있다

어제와 같이
오늘도 저 달과 별은
밝지 않게 서쪽으로 흐르고
검은 구름 동으로 흐른다

어제와 같이
오늘도
나는 두툼한 바지에
밤색 잠바 걸치고
저수지 둑 매점에
따뜻한 커피 생각나
발길을 재촉한다

어제와 같이
오늘도
그 의자에 앉아
김 나는 커피에
지난날을 생각한다

어제와 같이 오늘도
그 자리를 일어나서
내일 아침에 만나볼 태양을 생각하며
쓸쓸한 나의 방으로
발길을 옮긴다

겨울 낙엽

네가 내 방에 노크할 때
외로움에 나를 찾을 때
나는 기꺼이 네 친구 되어 주마

네가 그 정든 자리에서
너의 마음 아랑곳하지 못하고 떠나갈 때
나는 너와 함께 그 슬픔 나누겠다

네가 다시 봄날에 오리라는 소망에서
슬픔을 거둘 때
나 역시 그 기다림에 기쁨을 캐겠노라

조용한 아침

작열하는 태양이 아니다
새벽잠 들어 있는 사이
조용히 떠오른 해가 비추는
안개 낀 아침

부스스 잠 깨어
방안에 커튼을 치울 때
빨갛게 익어 간
감들이 조랑조랑

바람이 일지 않는 조용한 아침
낙엽의 숨소리도 울부짖음도
삼켜진
그 정적을 산새만이
잎새 가신 가지에서 깨뜨릴 뿐이다

사람들의 분주함
자동차의 윙윙거림

전철의 덜그럭거림도
이곳에는 없다

약간은 느슨한 걸음걸이에
이따금 경운기 소리
자식을 십 리 밖 학교 보내는
어머님의 재촉 소리밖에 없는
이곳 내 고향 고초골은 조용한 아침

어머니

어머니 이 아들을 안으세요
어릴 적 재롱부려
흐뭇해하던 그 얼굴로
이 아들을 다시 한 번 안아 주세요

사랑 하나 얻지 못하고
어디든 홀로 방황해야 하는 이 아들을
당신의 푸근한 가슴으로 안아 주세요

이제 떠나야 뻔한 길인데
그때까지 만이라도
당신의 품에 안기게 해 주세요

멀리멀리 있지 마세요
내 가까이서 사랑을 만날 때까지
당신의 가슴이 내 보금자리가
되게 해 주세요

성모님

성모님
어릴 적에 당신을 사랑하던
그 마음을 돌려주세요
큰 일이건 작은 일이건 당신을
의지하면서 살았던 그 삶을
돌려주세요

병과 가난이 있어도
당신을 붙잡고 살아갈 수 있도록
내 곁을 떠나지 마세요
지금 당신은 아득히 멀리 있습니다
이 황량한 겨울바람에 조금은 덜 춥게
입김 불어주세요

당신이 내 곁에 있는 것만으로도
나는 행복합니다
그러나 당신은 어디에 숨어 있길래
찾을 길이 없습니까

가까이 와 주세요
내 곁에 항상 있어 주세요

절망

네 끝은 어딘가
절망! 네 끝은
거침없이 밀려온 시간들
내 마음이 아닌
나를 밀어 여기까지 오게 한
네 끝은 어디

오는 도중 간간히 스치는 이슬방울
입술대고 갈증을 채웠다
말해보고 싶다 네 끝은 어디냐고
네가 그렇게 나를 붙잡고
떨어질 줄 모르는 운명이라면
내가 너의 친구 되어 주마
하지만 나는 또 다른 친구가
있기에 너만을 사귀지는 않겠지
그 친구는 바로 너와 상극하는 희망
희망이 나의 친구가 될 수 없다면
너 역시 나의 친구 될 수 없단다

바람

오늘도 너는 내 곁에
내가 얼마쯤 커갈 무렵
친구 된 너는 나를 에워싸고
이리저리 내 발길 닿는 곳마다 있었다

너는 나의 자랑 오랜 친구 동반자
때로는 순풍인가 하면 역풍이었고
회오리도 있었다
그리워 너와 함께 찾은 고향
이쯤에서 멈추고 싶지만
너와 나의 운명은 멈출 수가 없는 것
이제 다시 너와 나의 길은 어디로인지
멈출 수 없는 원점에 서 있다

내 영혼

갈라진다
극장에
지나가는 버스에
가전제품 대리점에
다방에
레스토랑에
정류장에
지나가는 사람들에
내가 사정없이 갈라진다
서점가 책 진열장에
옷가게 늘여진 옷들에
수없이 많은 간판에
시장의 잡다한 상품에
레코드점의 테이프에
내 혼백이 사그라진다
정돈을 하고 가다듬기는
수없이 되풀이하지만
이내 흐트러지고

깨지고 마는
내 영혼

다시 오리라

저만치 멀리 있고자 한다
부딪혀 깨짐보다
한 발치쯤 뒤
한아름 상처 어루만지고 싶다
이물어 지는 날
아무도 모르는 그날
조심스레이
살며시
다시 오리라
살얼음에 발길 놓듯이
또 하나 아픔 없길 기도하면서

겨울나무

너의 싱싱함
찬란한 모습
어디쯤 두고
그렇게 남아 있느냐

오가는 바람
만만찮은 시련이거늘
너는 울지 않고 용케도
버티고 있구나

무엇이 그리도 아쉽길래
눈물 속마음으로 삼키고
애써 울상을 감추려는가

무엇이 그리도 그리웁길래
온갖 것들에 스러지지 않고
목을 내밀어 기다리고
또 기다리는가

오늘 한나절

잎새의 뒹굴음
어제의 일이고
한겨울 입구에
음산하기만 한
오후 한나절

하늘은 먹구름
간간히 그 위로 흰 구름 보이고
바람 끝 오갈 데 없이
고요하기만 한데
이따금 들리는 건
방문 밖에 쳐진
방풍막 비닐 소리
마룻가에 걸려
쉴 사이 없이 똑딱이는 시계 소리

오늘만은 잎새 없는
나뭇가지들 울지 않으나

조용히 내려앉은
내 어깨의 짐은 적잖이 부대끼고
투명치 않은 내일에 생각 옮기니
오늘 한나절
고요함이 깨질까 두려워

기억상실증

짙은 안갯속
별 없는 밤
무엇인가 희미하긴 한데
아 그것이 무엇인지

지나온 날 침침해지고
오늘은 어디쯤 서 있는지
또 내일은

하지만 또렷한 것은
내 영혼이
저 뜨거운 태양에 불타버린
바로 그날
나는 먼 타향의 길에서
삶의 터전 잃고
밀리는 고독 이기느라
온 살결 바싹바싹 움츠들고

머리카락 쭈뼛쭈뼛 위로 치켜 올려졌다
아래로 힘없이 가라앉아
내 의지가 최상에서 무너진 그 이후
나는 다른 길을 갈 수 없는
필연의 이 길만은 걸어야 한다는 것

징골 낙엽송

가시 잎사귀 밑으로 곱게 깔아
한 걸음 한 걸음에 푸근푸근한
가운데 가로질러 생긴 오솔길
행인 없이 가시덩굴 무성하고
이파리 떨어진 가지 틈 사이
맑은 햇살 비춘다
그 옛날 어느 한여름 콩밭 일굴 때
그늘지어 쉼터 되어 주던 곳
긴 세월 흘러 커버린 너는
쉰이 넘어 여기저기 허옇게 쉰 머리
돋아나는 나를 키워 온
내 맏형이다

황사현상

봄날에
그 어느 봄날에
흙먼지 일어
뿌옇게 온 사방 희미해지면
그리움 더해지는 날이다

바람이 내 머릿결 갈라놓고
내 남방 깃을 세울 때면
쓸쓸함 더해지는 날이다

떠난 사람 멀리 보내놓고
되돌아오는 그 길엔
힘겹게 맞이해야 할
서녘에서 부는 바람
흙먼지 날릴 뿐이다
길가에 늘어선 미루나무 잎사귀
휘날리는 소리뿐

언제부터 시작되었는지 모르지만
만남과 이야기들이 있었다
생생한 것은 아니지만
희미한 헤어짐도 있었다
당연히 그래야 하는 것처럼
아무 스스럼없이

아랫마을 청년의 죽음

스물아홉에 그렇게 극명한 고독이 있었나 보다
멀리 삶의 아득함에 어쩔 수 없이 눌려 버렸나 보다

세월은 왜 있는가
두고두고 넘고 넘으라 한 것이 아닌가
그런데 그대는 한순간에 짓눌린 짐을 던져보고 싶었나
보다

모든 만사 초연한 듯하더니
읍내 호프집에서 한 잔 들며 껄껄 웃더니
그런 며칠 사이에 그대와 나 사이
불러 보아도 반향할 수 없는 다른 세계

아 그대는 세상 두려움 떨치고
그대가 꿈꾸던 그런 세상으로 떠났는가
아니면 아무것도 아닌 듯이
그대로 없어짐이 되어 버렸나
며칠이 지나도 소문조차 나지 않는 죽음의 이별을

그대는 왜 택해야 했는가

번번한 안타까움일 뿐
이제 내 수첩 속 그대 전화번호 지워야겠네

유월의 잎사귀

푸르러 푸르러
검푸른 우울

싱싱한 극치를 넘어
유들유들한 신록이
딱딱하게 굳어진
잎사귀의 고독

내리쬐는 태양빛조차
안개에 차단되어
더더욱 여미는 아픔

유월의 잎사귀는
장엄한 산을 휘감은 채
울고 있다

언젠가는 죽어야 할
성숙함에

원치 않는 완성에
떨고 있다

흐린 날

가슴에 응어리진
생활의 실패를 어우르기엔
빨간 살 돋아나는 상처의 통증을 만져주기에는
어쩌면 앞마당, 하루살이 나는
흐린 오후가 좋을 법하다

넓은 집 뜰 한구석에 쪼그리고 앉아
고요 속에 유독 개성 짙은 시계 소리 들어가며
대문 밖 보이는 길가의 행인에 시선을 놓고
떠오르는 사념일랑은
이 흐린 날에 묻어 버리리라

눈부시게 푸르른 맑은 날엔
곪은 상처 유혈할까 두렵고
소리 내어 비 오는 날엔
간신히 정돈해 놓은
생각들이 흐트러질까 걱정스럽다

차라리 흐려서 고요한 날엔
이대로 살며시 놓아두리라

시든 꽃

네 꽃망울이 예뻐서
땅속에 뿌리박은 사연을 모르고 꺾여
한갓 꽃병 속에 자라다 시드는
너의 마음 누가 아는가

유독 눈에 띄어
선택된 기쁨보다
작은 공간 불평하며 말라가는
너의 설움 누가 달래줄 수 있을지

차라리 너의 자태
수그러뜨리고 몰래몰래 자라다가
지는 줄 모르게 갈 일이지

생김이 예뻐서 남다른 모양이기에
안아야 하는 상처를
너는 알고 있는지

샘물

오염을 거부하고
그렇게 작은 곳에
자리를 잡고
한 점 부패 없이 솟아남에
아직도 여린 가슴 안고 사는
어린아이처럼
손 모아 너에게 담궈본다

해를 보내는 나이 쌓기에
멀리멀리 가야 했던 내가
어느 한구석에 남아 있는
너에 대한 향수에 사로잡힐 때
너는 역시 변치 않고 나를 반기는구나

샘물아 솟아라
그리하여 네 작은 순수의 물줄기를 펴칠 때는
아직도 네가 있기에
지쳐진 나의 삶도 간간히 목축일 수 있으리라

어둑한 유월의 오후

검은 구름에
천둥이라도 치고
번개라도 번쩍거려라
벼락이라도 때려
이 침잠한 대지를 붉게 붉게 타게 하리라
소낙비라도 쏟아지고 우박이라도 사정없이 내려라

그리하여 갈증에 허덕이는
논이며 밭이며 산이며 할 것 없이
흠뻑 적셔라
찔금찔금 속 태우지 말고
비린내 나는 저 강가의 죽은 고기 떼들을 쓸어내리고
썩어가는 물을 밀어내어
저 용트림하는 강둑 밑으로 소용돌이쳐 흘러보라

성난 이리 떼의 울음처럼
그렇게 소리 내어 천지가 개벽하는 날처럼

장마 속에 걷는 길

주룩주룩
한여름 장마에도
끈적끈적한 습한 살결을 비비면서도
어김없이 돌아오는 내일을 밟아야 한다
설령 내일이라는 것이 같은 모습이라 하더라도

겹겹이 놓여 있는
세로로 쪼개진 돌 갈림의 모양 같은
안개층을 걸으면서도
어둠에 실족하여 두 발이 진흙투성이가 되어도
빠르건 느리건 헤쳐나가야 하는 길이 있다

무덤을 바라보며

한동안 해는 서산에 걸쳐 있다가
여린 빛발하며 산중턱 무덤 위를 쓸고 간다
흐릿한 마지막의 빛을 받는 이 무덤은
누구의 것일까
묘비 없이 쑥 풀 돋은 몇 평짜리 떼 밭
석벼래 흙에 묻혀 누운 이 사람은
세상에 나와 무엇을 하다 이곳에 말없이 묻혀 있는가
행복했을까 가난했을까 부자였을까

소나무 늘어지고 억새풀 솟아 있는 산중턱에
홀로 봉을 드리고 있는 이 무덤의 주인은
죽어서 무엇이 되었을까
양 갈래로 늘어진 솔밭 가운데
홀로 산길을 행하는 나를 숙연케 함은
긴 세월 후 맞이해야 할 죽음 때문이라

음지

아직도 내가 걷는 길엔
아침 안개 속에서 제 모습 드러내지 않는
낙엽송 즐비한 덩굴 우거진 그런 숲길이다
저 건너 보이는 산에는 햇살이 드리워져 있건만
아직도 내가 밟는 풀섶에는 이슬이 채이고
저 높이 하늘가에서는 간혹 햇살이 손짓한다
조금만 더 가까이 가고 싶고
팔 벌려 한아름 밝고 따뜻한 빛 안고 싶지만
기다려야 한다고,
이슬방울 채여 차가워지고
허름한 옷은 음지에 눅눅해져 있는데
그래도 또 기다려야 한다고
저 하늘가의 태양빛이 내 자리를 비출 때까지

자정이 넘은 시간

자정이 넘은 시간의 밖은
장마의 굵은 빗줄기가
감나무 잎사귀를 두드려
내 깊은 밤의 고적을 흩게 하고
장독대 덮어둔 양철 그릇은
빗방울에 맞부딪혀 항의라도 하듯
쟁쟁거린다

이 깊은 밤에 자동차를 몰며
빗길을 달리는 사람은
어디로 무엇을 하러 가는가

한낮에 시내에서 바쁜 걸음으로 행보했던 나는
보도블록 위에 미세한 발자국을 얼마나 남겨 놓았는가

까닭 없이 잠 못 이뤄 온밤을 지새우는 날은
얼마나 더 지속될 것인가

허무의 터널 얼기설기 얽혀진 사념의 복잡성
그리고 깊은 회의와 조각나는 의미
저장된 세월을 까발려가며 얻어가는 것은
손가락 사이 다 빠져나가는 그 무엇일 뿐

2월 초 저녁에

어둠이 깔리기 시작하는
이월 초 저녁 시간
이 시간까지
나의 방은 전화벨 하나 없는
고요한 침묵이다
옆에는 술에 취해 잠들어 있는
늙으신 아버지의 코고는 소리와
검은색 텔레비전, 오디오가
꺼져 있고
단지 그 고적을 깨는 것은
똑딱거리는 시계 소리와
저편의 한길을 지나가는 차 소리뿐
성능이 다 되어 흐릿하게 발하는
형광등 불빛 아래 연상되는 것은
얼마 전 울음을 꾹 참고
잎사귀를 떠나보낸 앙상한 가지에
불어오는 밤바람
그 속에 홀로 앉아

먼 곳의 둥지를 바라보며
가지런히 깃털을 다듬어 떠날 채비를 하는
산새의 그리움이 떨고 있다

재생

아! 아!
저 꽃가지에 꽃이 피길
저 나뭇가지에 여린 잎 하나 나길
아! 아!
생명이여
꺼지지 않고
다시 일어나길

11월의 가을비

뿌연 가로등 늘어진 아스팔트
길게 늘어진 가로수에 11월의 가을비는
마지막 남겨진 잎사귀들을
낙엽으로 만든다

긴 세월 묻어 둔
그리운 사람의 얼굴은 어머니 모습처럼
지워지지 않고 달리는 차창 너머로
어른거리기만 하는데 스쳐 지나가는
만날 듯한 사람은 잡힐 듯 잡힐 듯
창밖 낙엽처럼 닿지 못한다

언제쯤이었을까
비가 오는 날만이 기억이 있고
그 시점을 말해주는 이별은 선명하기만 한데
홀로된 사람의 행적은 기억조차 흔들린다

빗방울에 차창을 두드려 소리를 내고

덧붙여 낙엽까지 가세를 해서
혼자임을 젠 체 하지만

아 빛이여 연인이여 선명함이여
언제쯤 그곳에 닿을 수 있는지
어디로 가야 되는지
소리라도 이정표라도 있어주소

바위섬

바로 저기 물밑 바위섬
그곳에서 멱을 감고
까만 신발을 엎어 두드리고
때때 말려라 때때 말려라
소리쳐 가며 자그만 신짝에 물기 빼던
바로 저기 바위섬

어느 세월이 흘렀는지
기억조차 희미한
그날의 회상을 끄집어내며
물로 뒤덮은 그 바위섬을
오늘도 생각해보고
바로 위 논둑길을 걷는다

어린 나이
살갗을 까맣게 그을리고
깡마른 몸에 튀어나온 배꼽을
큰형 손잡고 따라 떠나던 그곳

이제 내가 큰형의 나이가 되어
제법 긴 정강이를 물에 넣고
그 바위섬을 밟는다

흘러온 만큼 세월이 흐르면
내 나이도 회갑이 되어
큰형님의 연령은 내 차지가 되고
바위섬에 얽힌 기억은
그만큼 희미해지리라
그 세월만큼의 풍화로 희석되리라

세월의 강

저 앞개울에 흐르는 물처럼
내 삶은 굽이쳐 지나간다
머무는 곳 없이 흘러흘러
너나 나나 우린 같이
그 어딘가로 재잘재잘하면서
나이를 먹고 해를 보내며
세월의 강을 타고 있다
아쉬움, 미련을 남겨 놓은 채
뉘엿뉘엿 가는 곳이 그 어디메뇨
오늘은 이 사람 얼굴 맞대고
시간을 넘기고
내일은 저 사람 만날 것을 약속하면서
세월의 도장에 서서
내가 중심축이 되어
여정을 밟고 있는 것이다
가자 가자
그곳이 어딘지 알 길 없지만
정착지를 두지 말고

출발점을 뒤로 하며
앞으로 앞으로 넘실넘실
세월의 강을 넘나들자

설산에 봄이 온다면

냉랭한 겨울 창 너머 산에
봄꽃이 핀다면 나는 좋겠네
하얀 눈 내린 저 두렁에
풀 돋아난다면 나는 좋겠네
기다림 속의 사람 올 것 같아서

저 들녘에 아지랑이 피어난다면
나는 좋겠네
내 님과 같이 나물 캐는
그런 만남 될 것 같아서

지나가는 사람들 봄내음에
흥겨워할 때 나는 좋겠네
그 사람들 내 님 소식 전해주기에

저 언덕길에 따뜻한 온기
내린다면 나는 좋겠네
내 님 마중 나갈 일 있기에

새벽의 동녘

드넓은 들판 위
동녘의 아침 해 고개 들어
솟아오른다

모든 대지여!
그대들은
움직이거나 소리 내지 마라
저 태양이 너희를 비치리라

모든 생명들이여!
그대들은 나의 빛을 보고
생을 노래하라

4월의 바람

대지는 메마른 황토빛
습기 없는 마른 땅,
저 나무들 위로
뿌연 바람은 왜 이리 부는지
무엇하나 의지할 곳 없는
여린 걸음은
바람에 휘청휘청 넘어질 것만 같다

머리카락은 뒤로 제켜져
쓸쓸한 이마 자락 외로움은 더해가고
눈가에 오기는 있지만
마음은 부서진다
비라도 촉촉이 내려준다면
그것으로 마른 가슴 적셔주지만
사방팔방으로 가뭄이 진다
바람아 불어라
네 향방 묻지 않고 나는 따라 가련다
모래바람 불어라
그 여미는 맛에 나는 살아 보련다

보도블록 위의 낙엽

가지를 붙들고 대롱대롱 매달려
살려 달라 애원하다 결국 길바닥에 굴러
나뒹구는 낙엽
행인은 낙엽을 밟고 즐거워하거나 슬퍼해
아니 슬퍼하는 자가 많을 거야
낙엽은 울어 가지에 떨어진 서러움을
굴러굴러 뒹굴다 윤기마저
빠지고 바삭바삭 흩어지다
어딘가로 영원히 사라지지
어쩔 수 없는 숙명
자취도 흔적도 없이 세상에 없고 마는 거야
봄이 되어 꽃이 피고 잎사귀
다시 낙엽되지만
분명 그것은 가버린 낙엽이 아닌 거야
세상 것들이 낙엽과 같아 영원히
존재하는 것은 없어
처음이 있으면 끝이 있듯이
삶이 덧없음을

텅 빈 공간 방안

얼마 전 윗집 아저씨가 준 시계가 똑딱거린다
방안은 온기로 휘감기고 아침 고요 속에
적막하고 편안한 소리 없는 공간끼리의 대화가 오간다
천장과 방바닥 벽과 벽 사이 누구도 갈망하고 싶지 않
은 시간
책장은 넘어간다
항상 곁에 둔 재떨이를 끌어안고
술꾼들이 오면 쫓아낼 배반장이
어제 지어온 약봉지는 방바닥 한구석에 흩어지지만

2013년 5월의 나

짙은 어둠 속 살을 여미는 외로움 속에
서서히 찾아든 것은 참빛이었다
금주를 시작하고 맞이하는 삶은
푸른 하늘 하얀 뭉게구름 흘러가는
청명한 봄날 화사하게 피어나는 꽃들과
푸른 녹음 그 자체였다
젊은 날의 방황과 허비된 생은
오십이 넘어서야 종지부를 찍었다
산행을 시작하고 오늘을 맞이한 것은
고단한 하루의 일정이었지만
캄캄한 어둠이 있었기에
그 맑은 오늘은 더욱 찬란하게 빛났다
나는 늦게 시작이 이루어진 것이지만
처음이 있다는 것이 너무나 가슴 벅차고 설레인다

시집을 읽으면서

봄날이 왔지만 여행 한 번 가기 힘들다
아파트에 마련된 의자에서 주민들과
이런저런 소리 주고받는다

햇볕은 따뜻해 아픔을 감춰 주었다
분식집 통통 살이 찐 주인 아줌마네서 라면을 먹었다

돌아와 시집을 꺼냈다
쫓아갈 수 없는 것만 같았다
생각 중에 또 읽기 시작했다

몇 장 읽고 또 쉬고 또 몇 장을 읽었다
배를 깔고 담배를 피우기 시작했다

천장에 시선을 놓고
시, 시, 시 중얼거렸다

시집 책장을 또 열었다

4단지 신록이 무성하다

4단지에 신록이 무성하다
학생들이 떠드는 소리가 요란하다
나의 세계와는 상관없는 일이다

나는 막걸리 한 병을 사와 집 안에서 식전부터 마신다
얄궂은 삶을 마셔 버리는 것이다

마룻바닥 구석에는 분리수거되지 않은
쓰레기봉투 널려 있고 방바닥에 책은 뒹굴어
제멋대로 가는 중이다

내가 살아가는 방법은 일기장에 〈내일 할 일〉을 써 넣
는 일이다
하기 벅찬 일이란 아예 써 넣지도 않는다
술 마시는 일은 내일 할 일에 빠져 있다
내 십자가이니 내가 지고 갈 뿐이다

4단지는 신록이 무성하다

찬바람 속에 봄을 기다리던 날이 언제라고

오늘은 웃는 날이다

어젯밤 아파트에
별이 쏟아지더니
태양이 숨쉬기 시작하는 지금
나는 또 식량을 구하려
편의점에 가서
허겁지겁 달려왔다
그리곤 후미진 방 안에서
구해 온 식량을 먹기 시작했다
맛이야 어떻든
시장이 반찬이다
밖에는 등굣길 학생들이 떼를 지어
떠들어대는데 나와는 무관하다
대지는 우주의 움직임이 시작되도록
마련 중이고
조용한 까닭은 이 때문이다
오늘은 태양이 웃는 날이다
사람들도 웃는 날이다

네가 떠나고

네가 떠나고
음울한 날
발길 드문 골목길을 서성일 때
많았다

네가 떠나고
말 수 적은 날
무표정한 얼굴로 한숨지은
때 많았다

네가 떠나고
혼자 있던 날들
사람들을 그냥 지나칠 때가
많았다
네가 떠나고
그리운 날들
지나간 날들에 대한 아쉬움에
마음 쓰린 적 많았다

도시의 태양

뜨거운 태양이 풀 없는
도시를 내리쬔다
거리의 아스팔트는 펄펄 끓어 녹아버리고
아파트는 열기에 들끓었고 사람들은
가쁜 숨을 몰아쉰다
도로에 자동차들은 질주하여
여름 더위를 비켜나간다
찜통에 살아나간다는 것이 쉽지 않다
큰형님 사시는 농촌의 모습은
낡아 쓰러질 듯한 슬레이트 지붕과 축사의 냄새
코를 후비게 한다
여간한 투쟁이 아니다
여기에 약한 사람들은 쓰러지게 마련이다
형님이 너무 애처로워 볼 수 없는 심정
삶은 투쟁이다

자정을 기다린다

무슨 일이라도 일어 날 것 같은 고요 속

오밤중에 뒷곁 감나무 잎들은 바람에

스윽스윽 제 소리를 내고

들락말락한 여름밤의 풀벌레 우는 소리는

귓가에 스치며 지나간다

어떤 일이 있을 것인가

이 고요를 깨뜨릴 그것은 무엇이고

어떤 형태로 일어날 것인가

내일을 기다린다

아니 오늘 밤 자정을 기다린다

청년의 희망

시퍼런 들판을
서른이 넘은 청년이
황량하게 걷고 있다

허허들판에 땅뙈기 하나 없는
청년은 입 꾹 다물고 우수의 얼굴로
사방을 둘러본다

너른 논밭을 멀거니 바라보며
청년은 긴 한숨을 내뱉고 있다

흙이 그립다 하여 책들을 팽개치고
고향 그리워 땅덩어리 구경한다
고스톱 쳐서 내기하면 모를까
저 땅이 청년의 땅이 되려면 긴긴 세월
근육을 단련시켜야 하고
온몸엔 매일 땀방울을 적셔야 한다
청년은 그것을 안다

새벽

동녘에 해가 숨은 지금 시각
어머니 아침 쌀 담그느라
삐걱 문을 열고
밤마다 온기 내는 보일러 돌아가는 소리
들리는 것은 그 소리뿐
그 가운데 나는 한 자 적기 위해
흰 종이 앞에 두고 펜을 끄적인다
옆집 동네 형님네는
여전히 불 켜지 않은 채
어둠 속에 묻혀 있고
어제 소등하지 않은 가로등
조그만 빛 그 아래서
지금 막 마루에 시계 소리 쟁쟁한다
오늘 하루 이 조그만 시골 동네 안에서
새벽은 그렇게 시작된다

고요의 호수

산 입구에 자리 앉은 고요의 호수
돌 하나 주워 가운데 던지면
물 파랑 하나하나 커져
둥근 원의 겹겹을 만든다
돌에 바람을 실어 던지면
그것은 나의 애타는 소망을 담고
사방으로 퍼진다
듣고 싶은 목소리 실어 던지면
그 목소리 들려오고
보고 싶어 얼굴 실어 던지면
그 얼굴이 그려진다
고요의 호수에 잔잔한 물결 위
그것은 조용한 나의 기도이다

설산

야! 세상이 하얀 천지로구나
에워 싼 산이며 산마다
나무 그루 보이지 않는 설산이로구나
작은 마을 둑을 넘어
읍에 이르는 길가를 거닐면
저 평야에도 하얀 세상 펼쳐 있고
가끔 점점이 보이는 사람은
하얀 세상 좋아 기뻐하는구나
무엇 하나 거스름없이
쭉 펼쳐진 논과 밭에
이 몸은 그 가운데
살포시 눕고 싶구나

혼자 산다는 것

단란한 가정을 이루며 산다는 것이 부럽기도 하다

긴 세월을 혼자 보낸 날이 뼈저리게 외로운 날도 있었
지만
이제 혼자 산다는 것이 익숙해져 있다

찌개를 끓일 때 끓는 소리와 전기밥솥에서 김 방울이
시작될 때
나에게도 생기가 생긴다

명상을 많이 갖는 시간이 좋았고
내가 활용할 수 있는 시간이 좋았다
스스로 나이에 꺾임을 당한 것도 사실이다

가끔 동네 아줌마들이 반말을 한다고 구박을 주지만
그때 뿐이다

최상의 삶은 못되지만 차선으로 사는 방식이다

이제 너에게 전화는 않겠어

그동안 목소리라도 듣고 싶어 전화를 했지만
이제는 아니야
오늘 병원 가는 날
노란 은행잎이 차곡차곡 쌓이고 잎은 지는데
그래도 이제는 지우고 싶어

지난 과거에 언약 있었지만 이제는 지우고 싶어

옛날에 그랬지
나의 우발적 행동이 우리의 이별을 가져왔고
달나라까지 쫓아 온다던 그 맹세는
내가 잡을 수 없는 태평양 멀리까지 도망가서
나에게 아픈 상처를 준 너에게, 전화는 왜 해

올여름 형광등에서는

올여름 형광등 안에
벌들이며 벌레들이 뭘 먹겠다고 끼어들어 죽어 있는
지……

먹이가 있을 거란 잘못 생각에 사력을 다해 들어왔다
16평짜리 임대 아파트에 먹을 것이 뭐 있다고
그들도 착각을 하는가 보다

허기야 만만하겠지
넓은 아파트보다 16평 아파트가 만만하겠지

자슥들
너희들이 인간보다 먹이 사슬에 더 능숙한 줄 알았더
니 별수 없네
여기는 먼지투성이 냄새나는, 반듯반듯한 곳이 아니야

홀아비 사는 냄새나는 곳이라니까
다음부터 또 오라고 그래

그때는 내가 너희들을 볶아 먹는다, 알았어?

태양과 지구의 만남

태양이 지구에게 키스를 한다

뭉게구름 뭉쳐지고 흘러가는 것은 이 때문이고
산자락 푸른 녹음은 더욱 짙은 녹음을 간직한다

온 사방에 빛이 스며들고 맑은 하루 중간을 넘고 있다

  도시의 거리에 열이 나고 그 열 위로 사람들이 가쁜 숨
을 내뱉고 있다
  아스팔트 위 차들은 뜨거운 고무바퀴를 더욱 뜨겁게
질주한다

  이 시간이 지나면 열기는 식어가고 태양과 지구의 사
랑도 식어간다

  이내 하루 종말에 이별이 와서 재회를 약속하는 안녕
이 있을 것이다

고향 호숫가의 갈대

물결 잔잔한 기억 속의 갈대숲
소나무 푸릇푸릇 산이 내려앉아 감싸주는
갈대의 흔들림이 옛일들을 이야기한다

큰 바위 깍아 놓인 둥근 원에서
나는 어린 시절의 놀이터가 되어
형님들이 나락을 자르는 그 논가에서
메뚜기를 잡아
빈방 빌려 준 아줌마가 볶아주던 유년기

깨끗한 스웨터와 예쁜 바지 걸친
생생한 그 기억들을 멀찌감치 그려 본다

홀로됨이 아늑함이 되기까지

온 세상을 헤매다 항상 홀로 돌아오는 것

외로움은 나를 더 단단해지게 만들어
어떤 물결도 바람도 나를 쓰러트리지 못해

나는 지구를 떠받들고 있는
한 그루 튼튼한 나무

나는 세계를 껴안지
모든 것을 다 사랑할 줄 알아
난 물고기처럼 그 밑에서 놀고 있다네
하늘은 나를 포근히 잠자게 하고

땅은 무한공간 속에 나를 에워싸고 받쳐주고
허공은 무한한 나의 놀이터
계절의 순환은 지루한 날이 되지 않게 변해지고
바람은 훈풍이 되어 보금자리가 되었네
홀로됨이 감사할 줄 알게 됐어

초여름 날의 야경

야경 불빛들이 초여름을 덮었다
온갖 잡동사니 소리가 들려왔다

아마 마을에 일어나는 일일 것이다
마을 쉼터에서는 아낙네들이 수다를 떨고 있는데

정찰기인지 헬리콥터인지 하나 지나갔다

아파트마다 불이 쏟아지고,

무슨 일이야 없겠지, 안심하고 야경을 즐긴다

나의 희열 도회지 야경이었다

중년

열병처럼 앓던
청춘의 살을 여미는 고독은 가시고
조용히 관조하는 고요가 있다
짙은 향수에 벌벌 떨며
고향 하늘 그리워하는
그 하늘가도 아름다움으로 찾아올 뿐
서둘러 달려갈 충동도
예전 같지는 않다
저항하고 잎사귀 이는 바람을
아프게 바라볼 예리함이
무뎌진 것일까
모난 영역도 물결에 채여 깎이고
세월의 무게인가 보다
중년!
혼자 걸어온 우직함이
긴 세월에 요동치는
삶의 진통 속에서 내심의 힘일 것이다
누구나 자기만의

행로가 있을 따름이다

어둠의 터널

어느 후미진 곳에서
어둠이 나와 내 주위를 휘감더니
그때부터 어둠은 감당하지 못할 긴 세월로
나를 휩싸 안았다
더욱 짙어만 가는 앞을 볼 수 없는
숱한 세월을 흘려보내면서
청춘도 가고 젊음도 도둑맞아
내 삶을 소주병에 의존하며
그 시간들을 달래느라
위험 지경에까지 와서
그놈이 깨뜨려지는 순간
빛은 나를 기다리고 있었다

외가에서 있었던 일

오래전 안성시 약산에
어머님과 외삼촌 댁에 들렀는데
서울에서 내려와 채소를 가꾸는
세창이와 땅꾼이 있었다
우린 저녁 으슥할 무렵
산 위 중턱에서 늙으신 할머니가
홀로 소주 몇 병에
과자 몇 봉지를 놓고 장사하는 곳으로 갔다
산에 맴도는 바람이 내 남방을 스치며
나를 으스스하게 했다
우린 서로 술을 돌아가면서 마시고
땅꾼 이야기를 들었다
땅꾼은 자기가 사랑하는 읍내의
다방 레지 이야기를 했고
편지도 읽어 주었다
몇 해를 지나 외삼촌 댁에 큰일이 있어 갔는데
땅꾼은 술에 취해 소리를 질렀고
몇은 말리고 있었다

그리고 또 몇 해가 지난 후 갔을 때
땅꾼은 죽었다고 외삼촌이 말했다
아마 땅꾼은
그 술에 사랑을 간직한 채
저 세상에서
자신의 사랑을 노래하고 있으리라

새 둥지를 트는 날

형수의 눈가에 눈물 가득하고
맏형이 여린 시선으로 어린아이 같은 나를
멀지도 가깝지도 않은 곳에 내어 놓던 날
하늘의 별, 툭하고 떨어지는
별똥 같은 나
뒷산에 푸릇푸릇 참나무 성성한데
그 산하가 밀어 젖혀
무언가에 떠밀려 굴러 부딪치고 깨지며
달려온 시간의 순간순간들은
몇 겹의 나이테를 엮어 가면서
이 자리에 나는 내가 아닌
그 무엇과도 같은 운명이 있기에
여기에 나를 놓았다
햇살 비추는 동지가 트는 날
삶을 꾸리며 새 집에 새 삶을 꾸리며
환하게 웃는 세상
상처투성이의 삶이
밝은 맘 가진 하루하루를 살아가누나

봄비

황천에 가신
어머니 젖가슴에
촉촉한 봄비가 지나갔다

젖줄 같은 대지의 골맥에도
봄비 쌓여 적셔갔다

어머니는 봄비 따라 우신다
자식들을 바라보며
눈물 적실 때 봄비 오면
그것 따라 우신다

어머니 주름살만 패어간다
이 놈이 갈라놓고
저 놈이 갈라놓고
어머님은 비가 오면
그 설움을 비에 적신다

햇빛보다 비를 더 좋아하는 어머니
내 어머니 내 어머니
어머니 닮은 나 따라 운다